MILENA
Verlag

W0336729

SEAWAS, BIST A KRANK?

Tiefe und tiefgründige Dialoge im Krankenhaus

von

El Awadalla

Illustrationen von Hannes Gröblacher

MILENA Verlag

DAS WIENER AKH

Das Wiener Allgemeine Krankenhaus (AKH) ist das Universitätsklinikum der Stadt Wien. Es ist eines der größten Krankenhäuser Europas und das größte Krankenhaus Österreichs. Außerdem Sitz der Medizinischen Universität Wien. Der Bau des neuen AKH am Alsergrund wurde im Sommer 1964 begonnen. Ab 1968 folgte der zweite Bauabschnitt. 1974 und 1975 wurde eröffnet. Das AKH ist mit einer eigenen U-Bahn-Station Michelbeuern/AKH an das öffentliche Verkehrsnetz angeschlossen. Der Zentralbau mit den Bettentürmen wurde 1994 offiziell eröffnet, aber bereits (teilweise) seit 1991 verwendet. Die Gesamtbaukosten wurden 2004 auf etwa 45 Milliarden Schilling (heute ca. 3,3 Milliarden Euro) geschätzt – ursprünglich projektiert waren 1 Milliarde Schilling (rund 73 Millionen Euro). Die Baukosten wurden von der Stadt Wien und dem Bund gemeinsam getragen. Die Kostenexplosion und eine damit verbundene Schmiergeldaffäre beim Bau des neuen AKH führten zum AKH-Skandal, dem bislang größten österreichischen Bauskandal. Sprach man früher kurz vom „Allgemeinen", so begann sich mit dem Neubau langsam die Bezeichnung „AKH" zu verbreiten. Derzeit (Stand 2012) sind etwa 9.320 Personen am AKH beschäftigt, davon ca. 1.560 Ärzte und ca. 4.500 Gesundheits- und Krankenpflegepersonen. Jährlich werden fast 99.000 Patienten stationär und eine halbe Million Patienten in den 397 Ambulanzen behandelt.

SEITENPLAN

Station 16.H

WC

00:00

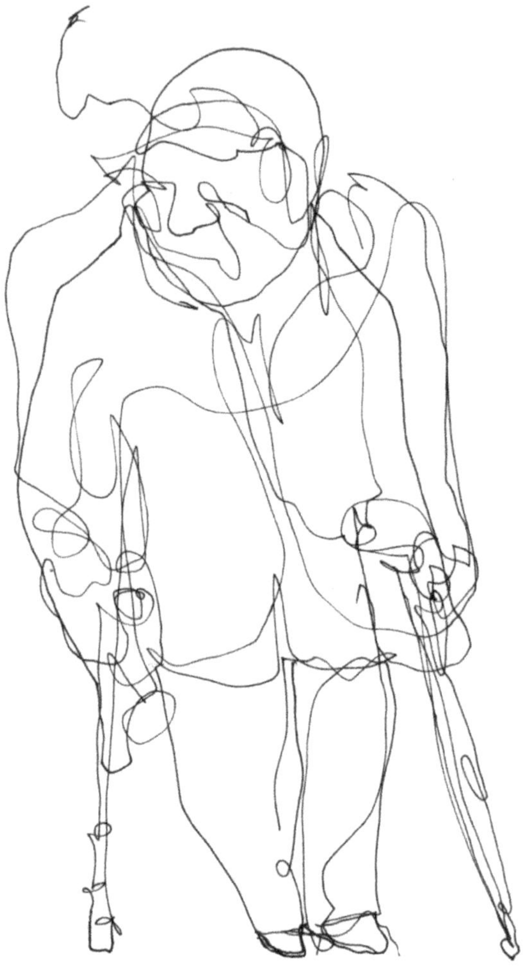

A BIA
VOR DEN LIFTEN

ZWEI MÄNNER:

1. MANN: i brauch a bia
2. MANN: owa du soösd nix drangln
1. MANN: grod drum
und a bia
is bragdisch ee nix

ROOKOSD
IM RAUCHERKAMMERL

EIN MANN UND EINE FRAU:

FRAU: de dogdarin hod xogd
i soi mea solod essn und rookosd
nau
bin i leichd a hoos
MANN: i fressad liawa den hosn
FRAU: rookosd
sowos ligdma sicha wia dod in mong
MANN: an roochn hosn fressad i jo a ned

DEA BANGOMAAD

IN DER EINGANGSHALLE VOR DEM ZIGARETTENAUTOMAT

Eine Frau in Strassenkleidung kauft Zigaretten, ein Mann im Bademantel spricht sie an.

Mann: ge
kendtns so guad sei
und ma ina bangomaadkoadtn leichn
i hob meine aum zimma fagessen
Frau: wos woins
i hoireanas außa
unze gemmas gööd
waö i hob do a gwiggmane drauf
Mann: a schwoazze ble'as
a launge
Frau: de rauchi a
Mann: sans aa hearin
Frau: naa
i woon do endtn
und hoimma efdta
do meine tschigg
Mann: kummans muang aa
des waa schee
owa kummans friara
daun dringma

a kaffeetscharl midanaunda
ausn blasdigbecharl
FRAU: i waas ned
MANN: kenans ru'ich kuma
i bin ned aunschdeggend
und i glaub
es follad a kaan auf
wauns aufs zimma midgee dadn

01:00

WO BINI
IN DER NOTFALLAMBULANZ

Ein Mann schläft in einem Sessel, schreckt auf:

Mann: wo bini
wo samma mia do
Krankenschwester: in schbidol samma mia do
Mann: aa san se aa aus keandtn
Er schläft wieder ein, schreckt nach einer Weile wieder auf.
Mann: wo bini
wo samma mia do
Krankenschwester: in schbidol samma mia do
Mann: aa san se aa aus keandtn

Das Ganze wiederholt sich noch ein paar Mal.

BLOSNSCHDANA
IM RAUCHERKAMMERL

Zwei Männer:

1. Mann: blosnschdana
wia kaunzdu blosnschdana haum
ba den wos du saufsd
do miassn dnian
jo uandlich duachgschwabd sei
2. Mann: da dogda hod xogd
des is fon fün fleisch
1. Mann: nau
daun muasd hoid mea saufm
und weenicha fressn
daun gleichzase aus

SCHDRUMBFHOSN

AM PLATZ VOR DEM HAUPTEINGANG

Ein Mann und eine Frau sitzen, beide in eine Decke eingewickelt, auf einer Bank. Sie rauchen schweigend.

Plötzlich schreit der Mann:
heasdt
du hosd jo a schdrumbfhosn au
Frau: nau
wauns koid is
MANN: und wos glaubsd du
fia wos i doda heakum

02:00

BUZD

IN DER NOTFALLAMBULANZ

Mehrere Sanitäter schauen dabei zu, wie ein anderer draussen das Rettungsauto putzt.

Erster: fad is heid
Zweiter: jojo
i hobscho buzd
zwaa kaffee drungn
und denan do ban buzn koifm
nix los heid
Erster: eingdli ee guad
owa faad
kendtad ned ana
a bissarl
nua a glaans bissarl
undtara audto kuma

FINGASCHBIZL

IN DER UNFALLAMBULANZ

Ein Mann mit einem provisorischen, blutigen Verband um die Hand, und eine Frau.

Mann: i hob mas fingaschbizl oogrissn
FRAU: wia isn des zuagaunga
Mann: i hob woin schaun
wos undtan kanaaödeggl in gaung is
Frau: nau
jezz wissns wos drundta is

DRODTL

IN DER NOTFALLAMBULANZ

Ein Mann, eine Frau und zwei Kinder (das kleinere davon wird von der Frau getragen und schläft).
Der Mann will der Frau ein paar Zettel geben.

Frau: ned jez
wia soirin des nemma
soiri den glaan aufweggn
womma do fro san daasa schlofd

Der Mann dreht die Zettel in seiner Hand und sagt nichts.

Frau: dea dogdta is a a drodtl
wos gibdan de zedln ned glei mia
dea muas do wissn
daasse um sowos de mauna
ned kimman dan
naujo
a dogdta isa
owa a maun hoid a
a unbragdischa

03:00

GSCHBIIM
IN DER NOTFALLAMBULANZ

EIN MANN KOMMT AUS EINER TÜR HERAUS, EINE FRAU WARTET AUF IHN.
ER SETZT SICH ZU IHR.

FRAU: du schaust jo no ollawaö so gschbiim drei
haums da nix geem
MANN: ojo
FRAU: grood woan do zwaa schwoazze
a baarl
glaubsd du
daas de aa so gschbiim dreischaun kena
wia mia

DEMBRAMENDT
IN DER UNFALLAMBULANZ

Ein Mann liegt auf einer Pritsche und ruft die Krankenschwester.

Mann: ge gengans
kendtade delefonian
das mei frau waas
wori bin
Die Krankenschwester bringt ihm ein Telefon.
Mann: ge kendtadn se fia mi
Er sagt ihr die Nummer an, sie wählt und gibt ihm dann das Telefon.
Mann: naa
kenans ned redn mid ia
waö si is ane mid an dembramendt
do sez z glei wos
Krankenschwester: na redn miassns scho söwa mid ia
Mann: ge schwesdta
so sans do ned asso
se waradn a reschbegzbeason
und de mochdma do glei an ziagus
Krankenschwester: nau
hedns as hoid ned keirad

UND WOS HOSD

IN DER NOTFALLAMBULANZ

Zwei Männer, der Ältere kommt aus einem Behandlungszimmer.

Jüngerer: und wos hosd
Älterer: geedscho
jeenfois howi kan
kawebraund in heazschriadmocha

04:00

SCHNOACHD
VOR DEM EINGANG

Ein Mann im Bademantel geht rauchend auf und ab, ein zweiter kommt dazu.

2. Mann: kena se aa ned schlofm
1. Mann: na bei mia en zimma
do schnoachd ana
2. Mann: se gligglicha
nua ana
bei mia blodarn de schleichln
und schnoachn dan glei zwaa

KOZZNFUADA

IN DER NOTFALLAMBULANZ

Ein Mann, eine Frau, beide lesen je eine Gratiszeitung.

Mann: ge wia laung hoggman
do ummanaunda
Frau: ge red ned dauand
do kaunimi ned
konzendrian
Mann: ge auf wos dudido
scho konzendrian duasd
aufs bülliche kozznfuada
Frau: na
aufs bülliche bia fia dii
Mann: solaung i mas
söwa haamdrong muas
brauxdu di ned
drauf konzendrian
Frau: i konzendriami drauf
daas das ned haamdroxd
des warad bessa fia dei lewa
Mann: ge konzendriadi
liawa wida aufs
bülliche kozznfuada

HEAZNODFALL

IN DER NOTFALLAMBULANZ

Zwei junge Burschen:

Erster liest vor: fahrtrage reserviert für herznotfälle
Zweiter: na hoffentlich grixdu keinen heaznodfall
füa dich wea das ding fil zu glein
Erster: füa dich auch
dich däz gleich rundtabraggn
und dann weasd e kein nodfall mea
dann weasd ein dodfall

05:00

TOUPETS
ANTONIA
COCO
GRACE
ROGER

KATT
VOR DEM HAUPTEINGANG

MEHRERE JUGENDLICHE SITZEN AN EINEM TISCH.

ERSTES MÄDCHEN: wii lang müssma noch waadtn
ZWEITES MÄDCHEN: na wena gneed wiad
ERSTER BURSCH: und du musdich nichd aufreng
du bisd ja schuld
ERSTES MÄDCHEN: nein bin ich nichd
was kann ich dafüa
dassa nix fadragdt
ZWEITER BURSCH: was waan eigendlich
ERSTES MÄDCHEN: ea wolldma a bussarl geem
awa ich hammich duggdt
und dann weisd ee
katt
ZWEITES MÄDCHEN: wollzd kein bussarl fon iim
ERSTES MÄDCHEN: naja ee
schon
ERSTER BURSCH: wo bleibdn da max midn bia
ZWEITES MÄDCHEN: bia
i hamma dachd dea bringd aperol oder sowas
ZWEITER BURSCH: ge um diise zeid
da musd fro sein
wenns übahaubd was zum dringgn gibd
ERSTES MÄDCHEN: glaubsd

daaf da moariz nach dem neen
auch gleich was dringgn
ZWEITER BURSCH: di frage is
ob ea übahaubd was dringgn kann
obs ihm nichd den mund zuneen müssn
ZWEITES MÄDCHEN: dann
kannzd lang auf dein bussarl waadtn

BLEGGAUD
IN DER EINGANGSHALLE

ZWEI MÄNNER, EINER DAVON MIT VERBÄNDEN AN KOPF UND HAND.

ERSTER: daungschee
daasd mi hoisd
ZWEITER: e gloa oda
wos isn gscheeng
ERSTER: i hommi woin grod
bei an audto aulana
foad de wegga
und i mochan kebfla aufd schdrossn
ZWEITER: und hosdn auzagd weng foarafluchd
ERSTER: na
i woa jo in easchdtn momend
a bissl –
bleggaud hoid
ZWEITER: woasd autschechad
ERSTER: ned oag
ZWEITER: immahin hosd a gligg kobdt
sunzd warad da nexde iwa di driwagfoan
ERSTER: wasd e
de drangla haum an eigana haalichn
den haalichn saufaus

SCHBEIBN

IN DER NOTFALLAMBULANZ

Zwei Frauen und ein Mann, der entweder krank oder betrunken ist oder beides.

Erste Frau: schbeibd ma dea dohea
Zweite Frau: reechdi ned auf
mia hod lezdns ana
iwa tschuach gschbiim
dawaö warad e glei daneem
a kiwö gschdaundn
Erste Frau: sofü kiwen gibz goaned
dasda kana mea daneem schbeiwad
Mann: dezich um mich
jez auch wea kümman

06:00

DE FEDTN

VOR DEM HAUPTEINGANG

Zwei Frauen beim Aschenbecher:

Erste: schdööda fua
des woara nochd
i mid an junga booda
unz easchde gloddeis
und de fedtn
hooz olle aufd babbm
kaud
Zweite: wauns easchde gloddeis
a grod inda nochd fon
freidoch aufm saumsdoch
sei muas
Erste: i glaub i bin fo denan
eanare faunen zimlich autschechad

IN OLLA FRUA
IN DER EINGANGSHALLE

Eine Frau, ein Mann:

Mann: samma in olla frua scho graung
Frau: i oaweid do
Mann: in schbidoö oaweidn
unze glaum
daas xund san

GUT DAITSCH

VOR DEM EINGANG

ZWEI FRAUEN:

ERSTE: na schazzi
i reden nur mär daitsch
mid dir
das du glaich lernen
nix so machen wi i
bini do firzich jare
firzich jare
und nix räden gut daitsch
wail zerscht
haben denkt
orbaiten zwai drai jare
dann gähen haim
und bini ollawail no do
olso schazzi
i ima reden daitsch mid dir
und du gut lernen
wenn hären mir ainfach zua

07:00

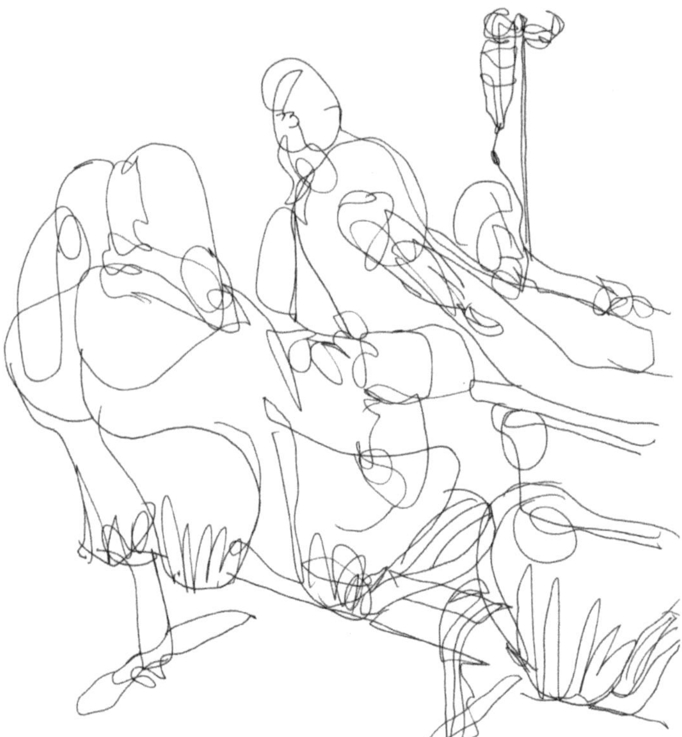

BLOOSN

VOR DEM HAUPTEINGANG

ZWEI FRAUEN:

ERSTE: heasd gesdan
i sogdas
haumma an kobdt
dea woa so fedt
daas man haum bloosn lossn miassn
nau sochi zu eam
se miassn bloosn
sogda glodd
du zeaschd
daun i
ZWEITE: und hosdeam hoadte geem
ERSTE: frage nichd

KA BLAN
IN DER EINGANGSHALLE

Mehrere Männer im Arbeitsgewand mit Firmenlogo stehen um einen telefonierenden Mann herum. Sie reden unverkennbar burgenländisch.

Telefonierender Mann: und hiaz
mia schdeinga do
und wos is
mia san bschdöd
und hiaz is kuana do mid an blan
Er steckt sein Handy ein.
de debpm do wissn fa nix
2. Mann: und wos damma hiazad
3. Mann: huamfoan
und a rechnung schigga

THEAZDROBFM
IN DER EINGANGSHALLE

Eine alte Frau, ein alter Mann:

Frau: i muasjo nua frong
waöri theazdrobfm
midde aungdrobfm
fawexld hob
Mann: und
haum daun daung
zum bumbarn augfaungd

DIAGGN

IN DER EINGANGSHALLE

ZWEI FRAUEN, EIN MANN:

1. FRAU: an diaggn haums do
2. FRAU: naa an unsrichn
MANN: mia wuaschd
1. FRAU: und wauna di ned faschdeed
da diagg
2. FRAU: wauns ee a unsricha is
1. FRAU: waasmas
MANN: mia is des wuaschdt
waö i sich eam ee nua wauni in da nagoose bin

08:00

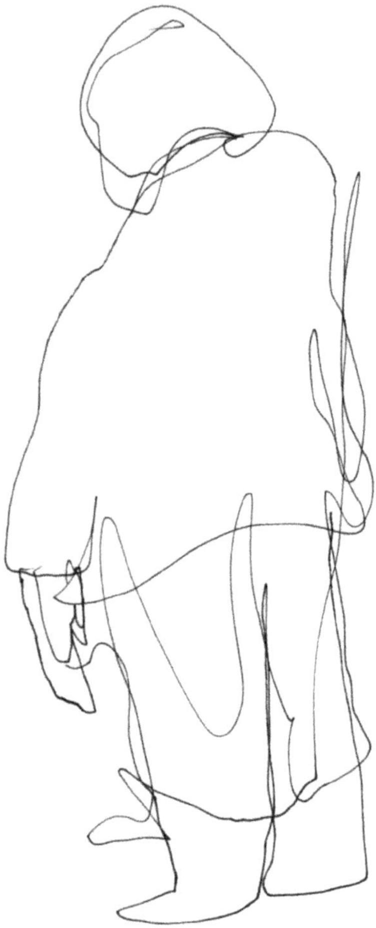

BAUNTSCHEIM
IN DER EINGANGSHALLE

Zwei ältere Männer:

1. Mann: jo griasdi
wos moxdn du do
bisd leichdt graung
2. Mann: jo
mia daan de bauntscheim wee
doda en haundgelengg
1. Mann: ge bleezin
in haundgelengg
hoosd goa kaane bauntscheim
de saan in greiz
2. Mann: und wos soidadma daun
weeduan

WOS WOINS

IN DER EINGANGSHALLE BEIM INFORMATIONSSCHALTER

ZWEI MÄNNER:

MANN VOR DEM SCHALTER: wo kauni do undtaschreim
MANN HINTER DEM SCHALTER: wos woinsn undtaschreim
MANN VOR DEM SCHALTER: nau dagegen
daasma fo an dogda
zun aundan rena muas wochnlaung
womma do ollas en an hoim dooch ealedichdt hod
und so
wauni so duan muas wia da xundheizminisdta dea
nau fosd headadi wos xogdt
oiso waumma iwaroi exdra hirena muas
aamoi bluad oonemma
aamoi röngenisian
MANN HINTER DEM SCHALTER: mein liawa hea
MANN VOR DEM SCHALTER: aamoi des und daun des
und daun nuamoi hi befund oohoin
des dauad wochnlaung
des geed jo nua mid an schdaund
oda en da bense
MANN HINTER DEM SCHALTER: mein liawa hea
se haum jo rechd
owa undtaschreim kenans bei mia ned

und dansma do de leid ned aufhoidn
Mann vor dem Schalter: aufhoidn
aufhoidn sogda
de leid wean easchd aufkoidn sei
waun
Mann hinter dem Schalter: mein liawa hea
Mann vor dem Schalter: wauns wochnlaung
wos sogi
monadtelaung
ummanaundarena miassn
und se hoggn dawaö aum oaweizaumdt

FROO
IN DER EINGANGSHALLE

Zwei Frauen:

1. Frau: bini froo
daase heid haamgee
gesdan des essn
i sogdas
nudln mid an gaatsch driwa
frochi tschwesda
wos des sei soi
sogd mei bedtnochbarin
des san
deigwaan mid schbeiseresdte

BOOFÖN
VOR DEM HAUPTEINGANG

Zwei Männer, der erste will sich eine Zigarette anzünden.

Zweiter Mann: da düafms ned rauchn
Erster Mann: seid waun
Zweiter Mann: seid ein baa monad
Erster Mann: und wo deafi
Zweiter Mann: da
hindta da weißn linie
Erster Mann: hindta da dodeslinie
daas de gschrobpm
fia denan eanare zaunschbaungan
ois i boofön soi
nix midgriang

LOCHN
IN DER EINGANGSHALLE

EINE FRAU UND EIN MANN. DER MANN LIEST IN EINER ZEITSCHRIFT UND LACHT IMMER WIEDER LAUT AUF.

FRAU: so lochns do ned
wo dleid graung san
und schdeam
und sogoa kinda schdeam
MANN: und wos warad
waoni ned lochad
wos warad
nau wos warad
waoni ned lochn dadad
drozdem
dadns schdeam

SEID GESDAN
IN DER EINGANGSHALLE

Zwei Frauen:

Ältere Frau: i siach jo schon seid gesdan
so schlechdt
Jüngere Frau: und woarum bisd daun
nedscho gesdan gaunga
Ältere Frau: waörima denggt hob
daas des ee fon allanich faged
Jüngere Frau: und wos denxda jez
Ältere Frau: jezzan dengi goanixmea

09:00

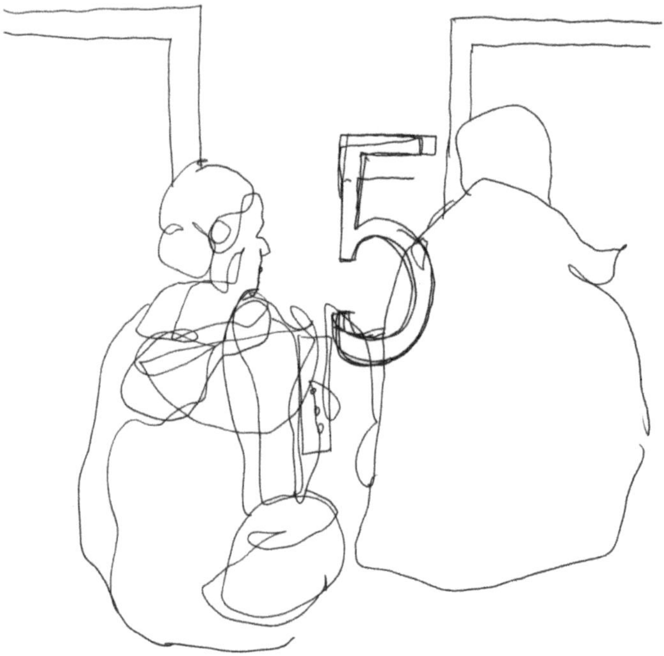
5

UNBEASÖNDLICH

VOR DEN LIFTEN

ZWEI FRAUEN:

1. FRAU: de dogdan san hoid
iagndwia unbeasöndlich
schneidn di auf
naan di zua
und daun
2. FRAU: des san kiaruagn
de san ned do
fias handarlhoidn
1. FRAU: ge handarlhoidn
iwadreibs ned
owa i hobs gfüü
de kena mi goaned
2. FRAU: heasd
de kena
nua dei xichd ned
de haum jo nua deine daam xeng

MAMMA
IN DER EINGANGSHALLE

Eine sehr alte und eine auch nicht mehr junge Frau:

Jüngere Frau: so
sezz di dohea
mamma
i dua di aumödtn
wüsd a waagl
Ältere Frau: a waagl
Jüngere Frau: de haum doda so roiwaagln
do kundasd di
einisezzn
und i fiarad di auffe
zua schdaziaun
wal desis weid
Ältere Frau: a woa
a waagl
des brauchi nid
und wia schauadn des aus
Jüngere Frau: heasd mamma
du bisd iwa ochzg
und graung bisd aa
du kaunzdi ruich
in a soa waagl einisezzn
Ältere Frau: nana

wal waummi do wea siachd
in dein waagl
daun howi dahuam
a nochred
nana

ABARADUAN
VOR DEN LIFTEN

EINE FRAU UND EIN MANN:

MANN: wos de do abaraduan haum
wos do iwaroi leichdn und blinggn duan
do kumsda fua wia in da disgo
FRAU: wauns wos nuzd
MANN: nuzzn dan de liachdtln
woascheindli ee nix
des is sicha nua
zua undtahoidtung do

BLUMANGSCHEFDL
IN DER EINGANGSHALLE

Ein Mann und eine Frau:

Mann: schau do haums sogoa an braudschmug
in blumangschefdl
wos brauchdma en schbidoö
an braudschmug
Frau: nau heasd
waun ane nau gaach
aum schdeawebedt heiradn mechd
fuan lezdn schnebfaza
oda en greissoö
fuan eschdn schnebfaza

ZWIDAWUAZN
IN DER EINGANGSHALLE

EIN MANN UND EINE FRAU SITZEN AUF DER BANK.

FRAU: schau
wia dedo zwida dreischaud
MANN: nau
wiad ia hoid wos wee duan
immahin samma r in schbidoi
FRAU: i bin a graung
und schau ned so zwida
MANN: owa grod freindlich schausd aa ned drei
FRAU: nau
waö mi de
mid ian zwidan gschau eagan duad
MANN: ge de schaud di jo goaned au
FRAU: ee ned
owa waun ane so zwida schaud
wiari glei grandtich
MANN: daun schau hoid ned hi
FRAU: i wissad ned
woarum i mi weng deara zwidawuazn
a no fadraan soidad

10:00

DA SCHÄÄF

VOR DEN LIFTEN

Zwei Frauen. Ein Mann will sich dazustellen, erkennt und grüsst eine der Frauen und saust davon.

1. Frau: wea isn des
2. Frau: mei schääf
1. Frau: an so an oozwiggdtn scheef hosdu
2. Frau: i homman ned ausxuachd
1. Frau: und wos hoda
2. Frau: waasined
owa muas beinlich sei
wia dea gschwadtld is
so kuaze haxn
und so schwadtln
1. Frau: vileichd schdeeda eam nimma
2. Frau: mia warad des wuaschd
1. Frau: oda vileichd isa debpad
2. Frau: dees isa
1. Frau: naa i maan ned
echd debpad
i maan bsüchmeesich
debpad

JEZ SAMMA DO
IN DER EINGANGSHALLE

Eine Frau, ein Mädchen und ein Bursch:

Frau: jez samma do
in den debpadn agahaa
und wo miassma jez hi
heba
gasdro
gasdroheba
iangdwos debpaz
Bursch: abteilung für gastroenterologie und hepatologie
Frau: und wia hasd da dogda
der schbasdti
Mädchen: mamma
ge bidte red nichd imma so
müssn ja nichd alle wissn
dasd a tschuschin bisd

SCHBIDOEESSN
IN DER EINGANGSHALLE

Zwei Frauen, eine davon sehr dick, sitzen auf einer Bank. Die Dicke isst.

1. Frau: geems da do nix
2. Frau, mit vollem Mund: nix gscheiz
1. Frau: gee
heizadoch is do sogoa
s schbidoeessn guad
2. Frau: des glaubsd a nua du
i glaub de daan do exdra wos drauf
daas s noch nix schmeggdt

NAU NII

VOR DEN LIFTEN

Eine Frau und ein Mann:

Mann: nau nii in mein leem
hodma wos weedau
Frau: owa du bisd graung
sunzd dadns
di goaned koidn
Mann: nau nii
hodma wos weedau
owa
seid i do hearin bin
duad ma ollas wee

HEAZGESUNDHEIZDAGE

IN DER EINGANGSHALLE

Eine Frau und ein Bub vor einem Plakat.

Bub: heazgesundheid-schdeitsch
was solln das sein
Frau: das heisd heazgesundheizdage
leanz ia gaa nimma deutsch in da schul
Bub: musdich gaanichzo aufreegn
deng dran widu schdat beggsdeitsch
backs-tage gelesen hasd
und dich übas es aufgregd hasd

ALAAM

IN DER EINGANGSHALLE

Eine Frau mit Mundschutz spricht eine zweite Frau an.

1. Frau: grüsdich karin
2. Frau: seawas
aunda schdim kenidi
wos hosdn
1. Frau: leukemii hab ich
2. Frau: oag
1. Frau: na es schaud e gud aus
2. Frau: bisd hearin
1. Frau: nein ich darf e raus
ich bin heud nua zua undtasuchung da
2. Frau: und des muasd imma oom hom
1. Frau: ja
aba ich bin schon so dran gwönd
daas s mia gaanimma auffalld
nua lezdns waar ich auf da bangg
und da hams den alaam ausglösd

11:00

BOLLMOLL
IN DER TRAFIK

EINE FRAU BESTELLT: drei baggarl bollmoll bidte
DER VERKÄUFER GIBT IHR EINES: dreiaachzich
FRAU: naa drei
VERKÄUFER: nein
dreiaachzich
FRAU: naa
drei baggarl
VERKÄUFER: aba einz kosdt dreiaachzich

REISEBIARO

IN DER EINGANGSHALLE

Eine Frau und ein Mann:

Mann: ichscheismichan
do gibz a reisebiaro
Frau: wo
do hearin
Mann: jo
do schau
schdaundesaumdt
graungnkassa
reisebiaro
fia wos brauxd do hearin
a reisebiaro
Frau: nau heasd
waunzd doda
laung gnua ummanaudaliixd
mexd nocha
sicha gean fuadfoan
Mann: ii ned
i gangad en graungnschdaund
des is büllicha

FAKAAFD

IN DER EINGANGSHALLE
VOR DEM SCHWARZEN BRETT

ZWEI MÄNNER:

1. MANN: schau do fakaafd ana
sei luxusgraxn
2. MANN: vileichd ligda do
oisa gaunza in gibs
waö r a busariad is
2. MANN: oda da oide dogda
brauchz schbuadaudto nimma
waö r eam
sei jungs bubparl
dafaugrend is

HUUDI
IN DER EINGANGSHALLE

Eine Frau und ein Bub:

Frau: kanzd jez endlich
die kabuzze rundterdun
Bub: ge mamma lass mich
das is keine kabuzze
das is ein huudi
und ich bin ja weng dem fuus da
und nichd weng dem kobf

DES GLAANE

VOR DEN LIFTEN

Eine Frau wartet mit ihrem grantigen Kind. Eine ältere Frau redet sie an.

Ältere Frau: mei
is graung des glaane
mei so glaa
und schon graung
Jüngere Frau: nein
er nicht krank
bin ich da mit nachbarin
fir ibersezzen
Ältere Frau: nau
daun is jo ee ois guad
kauna schon reena
Jüngere Frau: ja get schon
Ältere Frau: nau
des is guad
meine hod in aggaha
im oidn maani
reena gleand
des is nix
in zwanzg joa
wauns do song
du hosdin schbidaö reena gleand
des heazi bled au

12:00

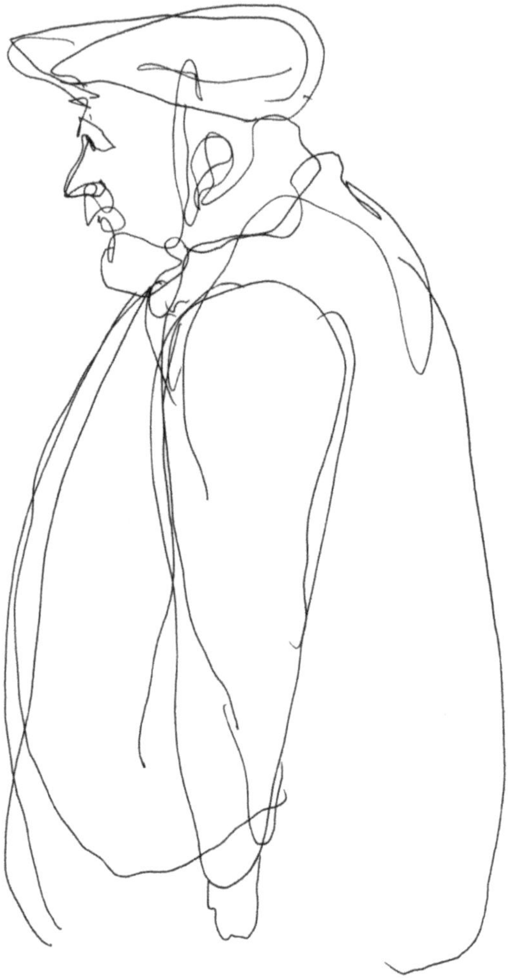

SCHAU BABPA
IN DER EINGANGSHALLE

EIN DICKER ALTER MANN SITZT AUF EINER BANK UND BRABBELT VOR SICH HIN, EINE EBENSO DICKE UND ALTE FRAU WATSCHELT SCHNAUFEND ZU IHM HIN.

FRAU: do
do schau babpa
drei wuaschdzemmarln howe da brochdt
und a goladtscharl
MANN: und a bia ned
FRAU: owa jo
a bia griaxd aa
owa zeaschd duasdma wos essn
dasdma ned umfoisd doda
MANN: no fosd warad i ee schon umkibpt
nüchdan songs
um ochde nüchdan
und daun hoxd ummanaunda doda
min grochadn mong
an hunga wiara woif howe
ER FÄNGT AN ZU ESSEN.
FRAU: nau i hobs ee kead
wia dein mong grochdt hod
MANN MIT VOLLEM MUND: und jezzan
wiasd boid hean

wias hindtn ausse grochdt
FRAU: wauns oascharl brummd
is heazarl xund
MANN: des hedasd en dogdta dazön soin

DE KUGARLN

IN DER EINGANGSHALLE

Zwei Frauen:

1. Frau: di dogdarin hod xogd
das de kugarln nix höffm
2. Frau: owa de haum da jo koiffm
1. Frau: di dogdarin hod gmaand
waons ma koiffm hedadn
hedad i jo ned kumma brauchn
2. Frau: ge de dogdarin
1. Frau: i hob jo de kugarln
nua dia zliab gnumma
daasd mi ned seggiasd
2. Frau: nau
daun kenans jo
ned höffm
waonzd du ned drau glaubsdt

FRAU GRÄBS
VOR DEN LIFTEN

Zwei Frauen:

1. Frau: und
2. Frau: wasma no ned
do miassns no ollahaund undtasuachn
owa schdöda fua
sizzi do
ruafms de frau gräbs auf
nau mia is da reis gaunga
2. Frau: na gee
nua waö ane gräbs hasd
und leichd a an hood
ha
do foidma jo glei a glana schmee ei
waun de frau gräbs gräbs hod
wos hodn daun de frau foogl

OAMS HASCHARL
IN DER EINGANGSHALLE

Ein noch recht kleines Kind geht herum. Bei jedem Schritt quietschen und blinken seine Schuhe.
Zwei Frauen:

1. Frau (sehr laut): des oame hascharl
so glaa
und scho brodeesn
und ned amoi gschmiad sans
so daasde gwitscharei
an jeedn aufd neafm geed
2. Frau: gee
des san jo kane brodeesn
do is a gwitscharl ind schuach eibaud
1. Frau (leise): des waas i ee
i wüü nua d muada eagan

13:00

WIDA DRIN
VOR DEM EINGANG

An einem Tisch sitzen zwei Frauen. Vor ihnen liegen viele silberne Ringerl und Flinserl auf einem Taschentuch. Die eine hält der anderen einen Spiegel vors Gesicht. Die bemüht sich, alles in ihrem Gesicht richtig zu befestigen.

1. Frau: bis i des ollas wida drin hob
wiari oid
de dogdarin hod xogd
i sois herausdn lossn
waö nexde wochn wiar i wida undtasuachd
do howe zu ia xogd
ob sii noggad auf d gossn gangad
und des glei
a wochn laung

KUWEADTARL

IN DER EINGANGSHALLE

Zwei Frauen im Flüsterton:

Ältere Frau: und hasdu dem brofeessoa
das kuweadtarl gebm
Jüngere Frau: nawas dengsdu
Ältere Frau: noja
heuzudag nemmans
manche ja nimma
Jüngere Frau: oiso
auf unsean hean brofeessoa
is noch fealass

KABAZUNDA
IN DER EINGANGSHALLE

Ein Mann und eine Frau:

Frau: und waasdscho wosd hosd
Mann: awa ge
do sans aungewli
soichane kabazunda
und daun wissns nix
weida undtasuachn miassns mi
Frau: dassas hoid nocha wissn
Mann: fon an kabazunda
an medezinischn
dadad i eawoadtn
daasas glei waas
da kabazunda
a soa bleezin
Frau: wia kumbsdn iwahaubd auf sowos
kabazunda
Mann: waö a soa dogda
hoid a kabazunda sei soidad
und wauni ba da dia einegee
miassad dea scho wissn
wos ma fööd

AUFD MAHÜ

IN DER EINGANGSHALLE

Zwei Frauen und ein Mann:

Mann: feadich
eendlich
1. Frau: gemma daun aufd mahü
auf a eis
Mann: gee
duadtn is so laud
fo de audtos
2. Frau: owa do woins
a fusgengazone mochn
Mann: bleezin
des soins ned mochn
waö do rena daun noo mea leid ummanaunda
1. Frau: owa daun kaunzd duadn
a eis essn
Mann: ge bei sofü leid

14:00

HOID OID
VOR DEM EINGANG

Zwei Männer:

1. Mann: griasdi
bisd a graung
2. Mann: seawas
na i bsuach nua d mamma
1. Mann: oijee
wos hoozn
2. Mann: oid is hoid
1. Mann: naujo
do iss jo ee schee
2. Mann: jo waunzd ned do ling muasd
ii mechad ned do hearin ling miassn
1. Mann: woarum ned
hosd jo ois
feanzen in zimma
zaumgramd wiadda
s essn wiadda brochd
und wauns da ned schmeggd
kaunzd di aufreng
browia des amoi daham

LUSA
IN DER EINGANGSHALLE

Ein Mann und ein Bursch:

Bursch: schau dia di leud an
was dundi alle da
das sin alles lusa
Mann: was meinzd
mid lusa
Bursch: na wennz keine lusa wean
weans nichd da
Mann: du bisd ja auch da
Bursch: aba nua
weil ich den babpa besuch
Mann: na dann is dein babpa
ein lusa
Bursch: ee isa ein lusa
aba zumindesd eina
mid schmeaznsgeld

ABSZESS
VOR DEN LIFTEN

Zwei Frauen:

1. Frau: do haumma ane
in zimma
mid an abszess aum oasch
de schaud schon so giarich
2. Frau: ge mamma
1. Frau: jo giarich
das de sowos hod is e gloa
waö de is zgiarich zum scheissn

OIDE LEID

IN DER EINGANGSHALLE

Eine jüngere und eine ältere Frau:

Jüngere: und wia gezda
Ältere: getscho
wiatscho
wos do oide leid hearin san
Jüngere: naujo
de oidn san hoid efda graung
Ältere: des glauwi ned
owa de junga
indaressian se ned
fias graungsei

SUDOGU
VOR DEN LIFTEN

ZWEI MÄNNER:

JÜNGERER: brauxd wos
babpa
ÄLTERER: naa
JÜNGERER: brauxd wiaggli nix
ÄLTERER: naa
i brauch nix
JÜNGERER: ned daasd wos brauxd
und nix sogxd
ÄLTERER: wauni nix brauch
JÜNGERER: waunzd wos brauxd
nua song gö
ÄLTERER: nau waunzd mi scho
so froxd
a schwebs hädadi gean
und a sudoguhefdl
und a koadtn fia mei händi
und zigredtn

15:00

UAWASCHLN
IN DER EINGANGSHALLE

Zwei Männer:

1. Mann: und jez haums eam duawaschln aubiggdt
den buam
2. Mann: ned aubiggdt
zuwegnad haums eams
1. Mann: is ee gscheid
bei soiche wachla
2. Mann: owa soch nix zu eam
sei so guad
1. Mann: ee ned sochi wos
i do ned
hexdns *dumbo* sochad i

A SCHDUDENT

IN DER EINGANGSHALLE

Mehrere Leute sitzen auf der Bank.

Ein junger Mann spricht eine Frau an:
entschulljung
daaf ich si fraang
ich bin schdudent
der wirtschaftswissenschaften
und aabeite an meiner abschlussaabeit

Frau: jo

Er fragt alles mögliche über Krankenhäuser, über Markennamen usw. Dann bedankt er sich und geht. Die anderen Leute haben natürlich zugehört.

Zweite Frau: heans
se sanda owa gscheid
des wissadi ollas ned
Ein Mann: des hoda eana auxeng
und drum de dame do gfrogdt

ASSOA DROTSCHN
VOR DEN LIFTEN

Zwei Frauen:

1. Frau: heasd mamma
dazö ned an jedn ois
2. Frau: owa wauns d leid indaressiad
1. Frau: dazöösd eana a
wosd dei göd faschdeggn duasd
2. Frau: ge wos glaubsdn
1. Frau: wos soiridn glaum
waunzdu ollas dazöösd
2. Frau: isjo nix dabei
und fad iss aa
den gaunzn dooch
1. Frau: de ane aus dein zimma
hod mi schon augredt
auf mei scheidung
2. Frau: assoa drotschn

GSCHDUAM

VOR DEM EINGANG

Zwei Männer:

1. Mann: und wias in da frua mundta wuan is
woas gschduam
2. Mann: bleezin
1. Mann: naa
wiaggli
und wias in da frua mundta wuan is
woas gschduam
2. Mann: bleezin
1. Mann: naa
des is woa
wias in da frua mundta wuan is
2. Mann: owa wia kauns mundta wean
wauns ummegschdaundtn is
1. Mann: na wauns owa
ajo

BFLASDA
IN DER EINGANGSHALLE

Zwei Mädchen, eines hat ein grosses Pflaster im Gesicht:

Erstes: jez hasd imma noch so ein grosses bflasda
Zweites: ja
aba ich habs gseen
schaud ächd schon schöna aus
Erstes: und bleibda was
Zweites: nichd fiil
sagd di äazdin
wiad nichd auffalln
Erstes: na e gud
Zweites: aba di bsüchologin
di is mia lezdns
so aufn geisd gangan
faslzi sowas
innare weadte und so
hab ich zu ia xagd
si soll aufhöan mid sowas
weil innare weadte sin
höxdens ein drosdbreis
füa di lusa

16:00

GOGARLN

IM RAUCHERKAMMERL

Ein stark tätowierter Mann im Bademantel und eine ebenso tätowierte Frau in Jeans und Lederjacke.

Sie: naa
dia schneidns
ee nix oo
do moch i ma kaane suang
Er: weng den
mide gogarln
maanzd des
Sie: nau heasd
dea woa do wengan gnia
und daun haums eam dgogarln
oogschniidn
futschikati
Er: gee
e nua aans
Sie: owa doo woara wengan gnia
Er: nau
liawa nua aa gogarl
ois wia nua an haxn
waö med an gogarl
kaune imma no budan wiar a heagod
awa med an haxn
nimma hatschn

MEI BEDNOCHBARIN
VOR DEN LIFTEN

ALTE FRAU UND JÜNGERE FRAU:

ALTE: waasd
mei bednochbarin
deara drauri ned
JÜNGERE: wos duazn leichdt
ALTE: nau
nix
owa si schaud mi
ollawaö so freindli au
lochd in gaunzn doch
JÜNGERE: und drum
drausd ia ned
waraz da liawa
wauns zwida schaurad
ALTE: jo
waö waumma graung is
schaudma zwida
und waumma freindli
dreischaud
isma endweda ned graung
oda foisch

FRAU MILICA
IN DER EINGANGSHALLE

Zwei Frauen:

Erste: ja grüssi frau milica
aabeidtn si jez da
Zweite: grisigod
nein ich nix da aabeiten
ich bringen schlissl
fia bruda
hata fagessen
wail bin ich schicht
wenn kombta haim
maine bruda da aabeiten
waschta dode lait
Erste: aba das is ja fuachdbaa
Zweite: musdu nix schreglich frau hellga
dode lait nix dun
nua dod sain
und musma waschen
maine bruda sagda
dode bessa als lebentiche
dode nix schimpfen

MEI HUNDTARL
VOR DEM HAUPTEINGANG

Zwei Männer, einer hat einen grossen Hund an der Leine. Der Hund will zu dem anderen Mann.

1. Mann: de kauns jo goa nimma dawoadtn
2. Mann: i aa ned
ui do kumbdjo mei hundtarl
meine glaane
jo buzzile
buuzile
mei meedi
mei meedi
jojo
i gfreimi a
daas do bisd
mei mausarle
mei weiwi
meingod gfreirimi
waon i blind warad
deaffazd mid eine
owa so ned
1. Mann: bisd e so schaasaugad
fiaran zweagbinscha
dad des scho reichn

DA PFOARA

IM RAUCHERKAMMERL

ZWEI FRAUEN:

ERSTE: schdööda fua
heid in da frua kumbd do
a soa pfoara eina
mid sein gaunzn tschiaritschari
schbitzkragl und so
waasd ee
folle montua
daun sogda aa no
gelobt sei jesus christus
nau i hob scho glaubd dea kumbzu mia
und mia is glei schwoaz wuan fua daung
daun isa zu soana oidn hi
letzte ölung
ZWEITE: gee
des haasd krankensalbung
ERSTE: und
waun da bfoff kumbdt gez zun schdeam
wuaschd wia des haasd
ZWEITE: und de oide
lebz no
ERSTE: i hob ned gschaud
sicha is sicha

17:00

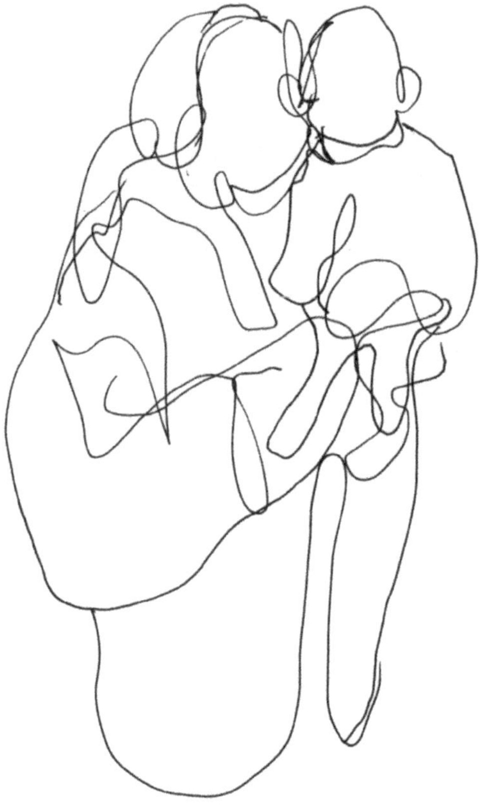

GUUN MOANG

IN DER TRAFIK

EINE FRAU GEHT HINEIN:

VERKÄUFERIN: guun moang
DIE FRAU WILL BESTELLEN, DA KOMMT NOCH EINE FRAU HEREIN.
VERKÄUFERIN: guun moang
FRAU: a songse des imma
um dee zeid
i hob jo glaubdt
i hedadmi fahead
VERKÄUFERIN: asso
wos isn leichdt fiara bsundare zeid

SÖBSMEADA
VOR DEN LIFTEN

ZWEI FRAUEN:

ÄLTERE FRAU: dasd fenzda ned aufgenga in zimma
des schdeadmi scho rechd
JÜNGERE FRAU: des is weng de söbsmeada
ÄLTERE FRAU: gee
glaubsd de söbsmeada
kamadn exdra in unsa zimma

AUFGLEARUNG
IN DER EINGANGSHALLE

Zwei Frauen vor dem schwarzen Brett, auf dem von Büchern über Autos bis hin zu Wohnungen und Häusern alles angeboten wird.

1. Frau: aufglearung
wauni des schon hea
aufglearung
daas de glaan gschrobpm
des ois scho wissn miassn
do scheniarimi jo glei
2. Frau: owa bessa iss schon
1. Frau: i bin a ned aufglead wuan
und hob drozdem mid sechzenn
a kind griagd

HEAZLOS

IN DER EINGANGSHALLE VOR DEM BLUMENGESCHÄFT

ZWEI FRAUEN:

ERSTE: soimma da mamma bluman bringa
ZWEITE: na
deafs ned haum
ERSTE: wos daun
ZWEITE: a weadkoadtn fia r ia hendi
ERSTE: des hoz ned mid
ZWEITE: des miassma ia owa bringa
dass aunruafm kaun
waun wos is
ERSTE: gee
waun wos is
ruafd uns es schbidoi aun
ZWEITE: gee
du bisd heazlos
i maan wauns wos brauchd
ERSTE: wos wiazn schon fü brauchn
und waun wiaggli wos is
daun kauns e nimma söwa auruafm

18:00

BEDRUG
VOR DEN LIFTEN

EIN JÜNGERER MANN UND EINE ALTE FRAU:

FRAU: und daun haumma doda
a beasarin in zimma
a beasarin
wos denn de doda duad
MANN: nau
graung wiaz sei
FRAU: owa bei uns
MANN: nau
wiaz hoid do leem
FRAU: owa dasde bei uns in schbidoi ligd
um unsare schdeian
MANN: ge mamma
de hod sicha genauso a fasicharung wia du
FRAU: i hobdo ka fasicharung
MANN: du bisd ban babpa midfasichad
FRAU: und de doda
de beasarin
de kumbd doda hea
und heirad an zum midfasichan
so sans de beasa
nau
is des ned a bedrug

IM KOMA
VOR DEN LIFTEN

Zwei Frauen:

Erste: und daun iss ins koma gfoin
wengan zugga
und wias wiida aufgschdaundn is
hooz kane fiass mea kobdt
Zweite: des geed jo goaned
Erste: owa wauns asso woa
Zweite: und wia iss do aufgschdaondn
oiso gaunga
one fiass

GIFDICH

VOR DEM EINGANG

Ein Mann hält sich mit einer Hand an seinem Infusionsständer fest, in der anderen Hand hat er eine Zigarette. Eine Frau stürmt auf ihn zu.

Frau: grang aba rauchn
das das nichd feabotn is
Mann: des ged ina goanix au
Frau: das ged mich schon was an
si feabesdn meine umweldt
Mann: doda
aum giadtl
do kaumma goa nix mea fabesdtn
oda glaums leichd
das ba de audto hindtn
a rosnwossa aussakumbd
Frau: si
Mann: na
des warad eana nau zgifdich
des rosnwossa
fia se miassadn de audtos
an kamündee ausseblosn

A SCHWOAZZE
VOR DEN LIFTEN

EINE ÄLTERE FRAU UND EIN JÜNGERER MANN:

FRAU: do hauma a schwoazze
so sogdma jo
a schwoazze schwesda
howis gfrogd
wiasso soima schwoaz
zu ira songg
wos do braun is
MANN: ge mamma
wos rezzdn dauand zaum
du bisdo a r a weiße
obwoisd momendan
mea blossoggagrau bisd
FRAU: i bin rosa
MANN: du und rosa
do san wöödtn dazwischen
zwischn dia und rosa
hiigschbiim schausd aus

19:00

MEI BULLOWA
IM RAUCHERKAMMERL

Ein Mann und eine Frau:

Frau: schdööda fua
de homma mein bullowa weggagnumma
und weggakaudt
waöra so oogschnuald is
hodde schwesdta xogd
Mann: und geems da an neichn
Frau: zwanzg joa woara guad gnua
und jez auf anmoi
wara oogschnuald
Mann: geems da an
Frau: zua karidas solli gee
hoz gsogd
de schwesdta
Mann: gee
duadn griaxd jo nuara oiz glumbadt

GREIZWOADREZLHEFDTL

VOR DEN LIFTEN

ZWEI FRAUEN UND EIN MÄDCHEN:

JÜNGERE FRAU: soiri da
s nexde moi
a greizwoadrezlhefdtl bringa
ÄLTERE FRAU: na
mia is scho richdich fad
ois howi scho duach
kane greizwoadrezln mea
MÄDCHEN: omma du kanzd meine geimsdeschn ham
das is alles beebileichd
da kenzd sogaa du dich aus

ESSN
VOR DEN LIFTEN

Ein alte Frau und ein alter Mann:

Frau: und wia geez min essn
Mann: i losmas bringa
fon rodn greiz
Frau: nau
des wiad wos sei
Mann: des is guad
waunzd wida daham bisd
lossma unsas weida bringa
Frau: schmeggda des wos i koch nimma
Mann: schmeggdma e
owa daas das leichda hezd
Frau: leichda
leichda sogda
woascheindli hozda no nii gschmeggd ba mia
und hiaz hosd endli a ausred
belong und bedrong
hosd mi
joarelaung

I KEN EAM NED

IN DER EINGANGSHALLE

Zwei Männer beobachten einen dritten, von dem nur Augen und Mund zu sehen sind, weil er einen Kopf- und Gesichtsverband trägt.

1. Mann: nau
dea schaud aus
den kenzd jo goaned
2. Mann: awage
wea eam kend
dea kend eam so a
fon gaung hea
oda fod hendt
oda fon gaunzn gschdöö
1. Mann: owa i ken eam ned
2. Mann: waonzdn ned kenzd
daun kenzd eam ned
waö waonzd eam kena dadasd
kenasd eam

BEZEUG
VOR DEN LIFTEN

ZWEI JUNGE FRAUEN:

ERSTE: ich hab dem babpa e xagd
ea soll sich nichd dauand beschwean
ea soll sich anschaun
wiis woandas is
in idalien
wo di leud ia bezeug
fon daheim midbringan müssn
zum beischbil
ZWEITE: da kanzd aba sicha sein
das in dem bezeug noch nimand
gschdoabm is
ERSTE: aba nichd wenzdas
sagma
fon da oma geabd hasdt

20:00

AUF DA MASCHIN

IM RAUCHERKAMMERL

Zwei Männer mit je einer Schulter in Gips rauchen schweigend, ein dritter kommt auf sie zu, offenbar auf der Suche nach Gesellschaft.

3. Mann: seiz es midanaunda
auf da maschin busariad
1. Mann: na
mia haum uns do easchd kenagleand
i bin fon keaschdtnbaam owagfoin
3. Mann: und du
2. Mann: mi hooz
ban dochdegga
heabraggd
3. Mann: schaas
des midda maschin
hedad ma bessa gfoin

EIHENGA
VOR DEN LIFTEN

ZWEI FRAUEN:

ÄLTERE FRAU: ge losmi eihenga
mia is momendan
gaunz schwindlich
JÜNGERE FRAU: daun bringidi zrugg
ins zimma
ÄLTERE FRAU: owa na
is jo glei fuabei
JÜNGERE FRAU: na i bringdi zrugg
du keasd ins bedt
ÄLTERE FRAU: owa daun kauni di
jo nimma begleidtn

DE BLUMMAN GOSSN

IN DER EINGANGSHALLE

EINE FRAU UND EIN MANN:

FRAU: hosd de blumman gossn
MANN: jo
FRAU: olle
MANN: olle
FRAU: um godtas wüün
in gagdus a
MANN: den a
FRAU: bisd gescheid
do ned in gagdus
MANN: owa du hosd xogd
olle
FRAU: owa do ned den gagdus
MANN: owa waunzdu sogsd
olle
FRAU: heasd des waas a jez kind
daasma an gagdus ned giasd
MANN: bin i a kind

ZWIDA
IN DER EINGANGSHALLE

Ein Mann und eine Frau:

Mann: zwida sans do hearin scho olle
Frau: nau san jo a graung
Mann: na
i glaub de
de wos ned graung san
san de zwidaran

SCHNIZZL

IN DER EINGANGSHALLE

Mehrere JapanerInnen kommen herein. Zwei Männer beobachten sie.

1. Mann: mochn de jabana
eana seizi'ing ascho in aggaha
2. Mann: leichd sans graung
1. Mann: ge woarum soidadn de graung sein
2. Mann: leichd haums a schnizzl gessn
und fadrongs ned
1. Mann: ge a schnizzl ned fadrong
wo gibzn sowos

AUFZOIN

VOR DEN LIFTEN

Zwei Männer:

1. Mann: wauni aufzoin dadad
kendadte wos bessas haum
hoda xogd da dogda
aufzoin
heasd fiawos bini fasichad
2. Mann: de griichn
de miassnse in gibs
söwa midbringa
und dee iddalena s bezzeich
und du rexdi auf
waunzd fiaran luxus
wos aufzoin soisd
1. Mann: luxus luxus
ge heamma auf
luxus
wos des fiara skandaö woa domois
midden aggahaa
luxus
2. Mann: do kaun owa dei dogda nix dafia
dea hod domois grod amoi
ind windln gschissn
1. Mann: dea scheissa

21:00

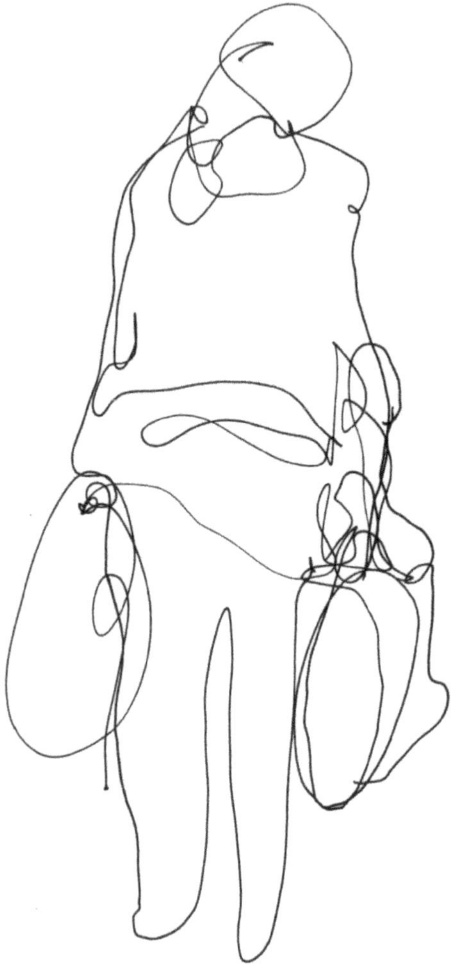

BLADE WEIWA
IN DER EINGANGSHALLE

Zwei Frauen:

1. Frau: glaubsdu daasma fon schbidoöessn
zuanimbd
2. Frau: wia kumbsdn auf des
1. Frau: waö bei mia in zimma
laudta blade weiwa san

A SEGGDE
IM RAUCHERKAMMERL

Ein Mann und eine Frau unterhalten sich. Ein Mann mit Mundschutz kommt herein.

Frau: schau
glaubsd is dea bei ana seggde
Mann: woffia seggde
Frau: nau
do gibz jo de jabbana
oda woswasi
fo deara gengd hoid
de wos imma nua mid an soan dings fua da go
umrena

Der Mann mit dem Mundschutz zieht ein Flascherl mit Desinfektionsmittel aus der Tasche seines Bademantels, reibt sich damit die Hände ein, zieht den Mundschutz hinauf und steckt sich eine Zigarette zwischen die Lippen.

Mann: sixdas
dea is do ned fo ana seggde
dea is aafoch graung
Frau: waasmas

RAUCHN

IN DER EINGANGSHALLE VOR DEM RAUCHERKAMMERL

Zwei Männer schauen hinein.

1. Mann: is des ned oag
daas ma in schbidoi
iwahaubd rauchn deaf
2. Mann: najo
wauns ned grod lungangräbs haum
sans jo weng wos aundan do
1. Mann: owa kaumma ned wenixdns
in schbidoi a rauchfabood haum
2. Mann: und waun ana do is
dea wos schon fiazg joa tschiggd
und dea is weng
an bauntscheimfuafoi do
1. Mann: nau
daun kauna se de tschiggarei
a glei oogwena
2. Mann: owa do brauxd dafia
fuchzen bsücholong
drei kiwara
und zeen kindagoadtndandtn
bro beason
des sochida

und waun ana
obariad wiad
und nocha ned rauchn deaf
dea huaschd daun sofü
daas eam d nood
aufblozzdt
1. Mann: owa rauchn is unxund
2. Mann: a aufblozzdte nood a

A SANDLARIN
VOR DEN LIFTEN

EIN MANN UND EINE FRAU:

FRAU: hosde xeng
de wos do xessn is
MANN: wo
FRAU: nau
doda en gaung
mid ian keffarl
MANN: i hob ned gschaud
FRAU: jede wochn wauni kum
siachi de
i glaub
das des a sandlarin is
und de lebd
do hearin
MANN: ge blezin
a sandlarin warad ma aufgfoin
FRAU: na auschaun duaz jo ned asso
do kaunsasi jo woschn und ollas
MANN: glaubsd
FRAU: nau
fralli kaunsase woschn
aum heisl
und woam is do aa

s gaunze joa
und frong duad de a kan mentsch wosd do mochd
MANN: leichd hosd e rechd
FRAU: kana frogd di wosd do mochsd
i rechmi glei auf
oisa doda kundasd umanaundaling
und kana dad de frong
wosd do mochsd

22:00

A FINGA

IN DER UNFALLAMBULANZ

Ein Mann, dem das Blut von der Hand rinnt, geht, von einem zweiten gestützt, in einen Behandlungsraum. Eine wartende Frau geht auf und ab. Plötzlich schreit sie auf.

Frau: jessas
da finga
den sein finga
ligd in misdkiwö
jessas
Ein Mann hält Nachschau: rengsina ned auf
gnedixde
des is a wiaschdl mid ketschab
a aubissns

KA BIA MEA
IN DER EINGANGSHALLE

Zwei Männer:

1. Mann: i soidad ka bia mea dringn
sogda dogda
dawaö is a bia jo xund
2. Mann: owa nua fia xunde
1. Mann: a bia is elegdrolüdisch
und gud fian gaunzn keabpa
2. Mann: owa da aögg
1. Mann: a bia one aögg is ka bia
und a ned xund

FRIARA
IM RAUCHERKAMMERL

ZWEI MÄNNER:

1. MANN: waasdno
friara haumma in graungnzimma
wos soochi
in bedt haumma tschiggdt
und heid
heid miassma bis do owa hadschn
2. MANN: waun soin des gwesd sein
daasma in bedt
hod raugga deaffa
1. MANN: in zibzgajoa woa des
do bini midan beggnbruch drin gwesd
in meidling
2. MANN: diaregd schod
daasi daumois ned graung gween bin
aundraseiz hedadi daumois
e nau liawa r an lutscha kobd

SCHMEAZN
IN DER NOTFALLAMBULANZ

Ein Mann und eine Frau warten.

Frau: geezda schon bessa
Mann: woarum soidazma bessa gee
Frau: waöszo ausschausd
Mann: wüsd daas mi de haamschiggn
med meine schmeazn
so wiasas inda zeidung dauand schreim
Frau: naa
wos rezdn
i wüdi do ned mid schmeazn dahamhaum
und außadem haumsdo
nua amoi a schwaungare haamgschiggd
owa schwaunga bisdu gaun zicha ned

23:00

DREGICH

IN DER EINGANGSHALLE

ZWEI FRAUEN:

1. FRAU: schaau da den au
wia dea dregich is
2. FRAU: waunse ana so wia dea
ned woschd
kaunase bei mia brausn ge

UNDTAHOIDTUNG
IM RAUCHERKAMMERL

Ein Mann sitzt schon längere Zeit da und raucht nicht. Das fällt einer Frau auf.

Frau: woins leichd a zigredtn
Mann: naa
i raugg jo nid
i siz nia do
wengda undtahoidtung

DA AUSGAUNG

VOR DEM EINGANG BEIM ASCHENBECHER

Zwei Männer:

1. Mann: ana bei uns in zimma hodan ausgaung
2. Mann: und wos is do bsundas draun
waun ana ausse deaf
1. Mann: ned so
an kinzdlichn ausgaung hoda
2. Mann: und wos haasd des
1. Mann: daamausgaung
2. Mann: wia
1. Mann: nau
schdod min oasch
scheisda min bauch

BFLAUNZN

IN DER EINGANGSHALLE

EINE FRAU UND EIN MANN:

FRAU: gee sezdi hea doda
MANN: naa do ned
FRAU: und woarum ned
und wo wüsdi sunzd hisezzn
MANN: do sezzimi ned hea
zu de bflaunzn
zu de karagdalosn
FRAU: woarum soin de
karagdalos sei
MANN: nau schaudas au
assoa greazeich wia des
des is karagdalos
des soch ii dia ois geadtna
FRAU: wos wüsd
soins obföbam headuan

GLOSSAR

Tagesbetten Station 16.K

ä: eh, ohnehin
a, aa: 1. ein, 2. auch
aamoi, amoi: einmal
aa ned: auch nicht
aafoch: einfach
aanzichn, anzichn: einzigen
abaraduan: Apparaturen
ächdtes, ächz: echtes
aggaha: AKH
alanich, alanech: alleine
allanich: allein
ändtweda: entweder
aögg: Alkohol
asso: 1. ach so, 2. = betont einen Vergleich
assoa: ein so ein = Betonung von *so ein* durch das vorgestellte *ein*
audto: Auto
aufan: auf einem/einen
aufglearung: Aufklärung
aufgschdaondn: aufgestanden
aufkoidn: aufgehalten, aufgehoben
aufm: auf dem, auf den
aufweggn: aufwecken
aufzoin: aufzahlen
aum: am, auf dem
aubiggdt: angepickt, angeklebt
aubissn: angebissen
aune: ohne, an die (Wand)
aungdrobfm: Augentropfen
aungewli: angeblich
augfaungd: angefangen
auhearadn: anhören würden
aulana: anlehnen
aumödtn: anmelden
auns: ans, an das
aunschdeggend: ansteckend
autschechad: betrunken
auxeng: angesehen
auzagd: angezeigt
ausn: aus dem, aus einem
ausseblosn: hinausblasen
ausxuachd: ausgesucht
awage: aber geh
baa: paar, einige
baarl: Paar, Pärchen
babbm: Mund
bangl: Bank
bangomaadkoadtn: Bankomatkarte
bauntscheim: Bandscheiben
bauntscheimfuafoi: Bandscheiben-vorfall
beasarin: Perserin
beason: Person
bedrong: betrogen
bedrug: Betrug
bedt: 1. Bett, 2. gebetet
beebileichd: babyleicht
beggnbruch: Beckenbruch
beinlich: peinlich
belong: belogen
bense: Pension
bessa: besser
bezeug, bezzeich: Bettzeug
bflaunzn: Pflanzen
bfoff: Pfaffe, Pfarrer
bia: Bier
bini: bin ich
bisi: bis ich
bissarl: bisschen
blaad, blad: dick
blan: Plan
blasdigbecharl: kleiner Plastik-becher
ble'as: *John-Players*-Zigaretten
bleamön: Blumen
bleaz: plärrt es/sie/das
bled: blöd

bleezin: Blödsinn
bleggaud: Blackout
blinggn: blinken
blodarn: plodern, blubbern, bauschen
blosnschdaana: Blasensteine
blossoggagrau: blassockergrau
bluadoonemma: Blut abnehmen
blumangschefdl: Blumengeschäft
blumman: Blumen
boda, booda: Bader = Arzt
bollmoll: *Pall-Mall*-Zigaretten
boofön: pofeln, rauchen
bragdisch: praktisch
braudschmug: Brautschmuck
brausn: brausen, duschen
brauxdu: brauchst du
breis: Preis
bringidi: bring ich dich
brodeesn: Prothesen
brooda: Prater, alte Uhr
browia: probiere
bschdöd: bestellt
bsüchmeesich: die Psyche betreffend
buam: Buben
bubparl: Pupperl, Püppchen
budan: Geschlechtsverkehr haben
büllich: billig
bullowa: Pullover
bumbarn: pumpern, klopfen, lärmen
busariad: buseriert, verunfallt
bussarl: Busserl
buzd: geputzt
buzzi, buzzile: Baby
d, de: die/den
da: der
daam: Darm
daamausgaung: Darmausgang
daans: tun sie
daas: dass
daase: dass ich
daasma: dass mir/wir/man
daasman: dass wir ihn
daasse: dass sich
dadad: täte
dafaugrend: davongelaufen
damma: tun wir
daneem: daneben
dansma: tun Sie/sie mir
dauand: dauernd
daumois: damals
daun: dann
daun: getan
daung: 1. die Augen, 2. taugen, 3. dank
dawaö: derweil, während
dawaöri: derweil ich, während ich
dawisch: erwisch
dazua: dazu
deaf: darf
deaffazd: dürftest du
delefonian: telefonieren
dembramendt: Temperament
des: das, dieses
desdo: das da
dezich: täte/würde sich
dglaane: die Kleine
di, dii: dich
dia: 1. dir, 2. Tür, 3. dürr
diaggn: Türken
digg: 1. dick, 2. Tick
disgo: Disco
dleid: die Leute
dmuada: die Mutter
dnian: die Nieren
dnood: die Naht, die Not

do: 1. da, 2. doch
dochdegga: Dachdecken, Dachdecker
dod: tot
doda: 1. da, 2. Toter
dogda, dogdta: Doktor, Arzt
dogdarin: Doktorin, Ärztin
dohea: daher
domois: damals
doo: da
dooch, dog: Tag
drangla: Trinker
drangln: trinken
dregich: dreckig
drendt(n): weit drüben
dringma: trinken wir
dringn: trinken
driwa: drüber, darüber
driwagfoan: drübergefahren
drodtl: Trottel
drosdbreis: Trostpreis
drotschn: 1. tratschen, 2. eine Person, die gerne (über andere) redet
drozdem: trotzdem
drum: 1. darum, 2. großes Stück, trumm: (Einzahl von Trümmer)
duachgschwabd: durchgeschwemmt
duad: 1. tut, 2. dort
duadtn: 1. Torte, 2. dort
duawaschln: die Ohren
dudido: du dich da
dundi: tun die
duggdt: geduckt
ea: 1. er, 2. ehre
eagan: ärgern
ealedichdt: erledigt
eam: 1. ihm, ihn, 2. erben
eanan: ihren (Pl.)
easchde: erste
ebbfö: Äpfel
ee: eh
efda, efdta: öfter
eingdli: eigentlich
elegdrolüdisch: elektrolytisch
en: in, im, den
endtn: drüben (nicht so weit wie drentn)
es: ihr (Pl.)
esemes: SMS
ewoadtn: erwarten
fabesdtn: verpesten
fadraan: verdrehen
fadragdt: verträgt
faged: vergeht
fagessn: vergessen
fahead: verhört
fakaafd: verkauft
faschdeed: versteht
fasichad: versichert
faslzi: faselt sie
faunen: Fahnen, Alkoholausdünstung
fawexld: verwechselt
feabotn: verboten
feanzän, feanzen: fernsehen
fedte: 1. Fette, 2. Betrunkene
fedtn: 1. fett, 2. Betrunkene, 3. Effet
fenzda: Fenster
fiara/n: für ein/en
fiass: Füße
fiawos: wofür
fingaschbizl: Fingerspitze
firan: für einen
fo: von
foarafluchd: Fahrerflucht

fogl, foogl: Vogel
foisch: falsch,
folla: 1. voller, 2. Faller, Fall
follad: fiele
fon: von
fööd: 1. fehlt, 2. feld
fralli: freilich
fressad: fräße
fressadi: fräße ich
friara: früher
fro, froo: froh
frochi: frage ich
frong: fragen
fua: vor
fuadt: fort
fuchzen: fünfzehn
fün: 1. vielen, vielem, 2. füllen
futschikati: futsch, weg, verschwunden
gaach: jäh, schnell
gaanimma: gar nicht mehr
gaatsch: Gatsch, undefinierbarer Brei
gagdus: Kaktus
gaung: Gang
gaunga: gegangen
gaunzn: 1. ganzen, 2. allen
geabd: geerbt, gegerbt
geadtna: Gärtner
geem: geben
geemsdeschn: Gamestation
geen/gen: gehen
geengan: gegen den
gegee: geh geh = Ausruf des Unglaubens
gemma: 1. gehen wir, 2. geben mir
gengd, gengdt: Gegend
gessn: gegessen
getscho: geht schon
gfoin: gefallen
gfüü: Gefühl
giadtl: Gürtel
giarich: gierig
gibdan: gibt dir, gibt denn
gibs: Gips
glaa: klein, Kleiner
glans: kleines
glaubd, glaubdt: glaubt, klaubt
glaubsdu: glaubst du, klaubst du
gleand: gelernt
glei: gleich, sofort
gleichzase: gleicht es sich
gligg: 1. Glück, 2. klick
gloa: klar
gloddeis: Glatteis
glodd: glatt
glumbadt: Klumpert, wertloses Zeug
gmaand: gemeint
gmeaggdt: gemerkt, bemerkt
gnedixde: Gnädigste
gneed: genäht
gnia: Knie
go: Gosche = Mund
gö, göö: gell (allgemeine Frage nach Zustimmung)
goa: 1. gar, sogar, 2. aus, zu Ende
goakan: gar kein/e
goanix: gar nichts
goanixmea: gar nichts mehr
godtas wüün: um Gottes willen
gogarl: Ei, Hoden
goladtscharl: kleine Golatsche
gööd, göd: Geld
göödn: gelten
gossn: gegossen
gräbs: Krebs
grandtich: grantig

graung: krank
graungnkassa: Krankenkassa
graungnschdaund: Krankenstand
gread: geweint
greanzeich: Grünzeug
greissoö: Kreißsaal
greiz: Kreuz, Rücken
greizwoadrezln: Kreuzworträtsel
griasdi: grüß dich
griaxd: kriegst du
griichn: Griechen
grisigod: Grüß Sie Gott
grochdt: kracht
grod, grood: gerade
gschau: Gesichtsausdruck
gschbiim: gespien, erbrochen
gschdaundn: gestanden
gschdeade: Gestörte, Irre
gschdoabm: gestorben
gschdöö: Gestell, Figur
gschduam: gestorben
gscheeng: geschehen
gscheid: gescheit
gschmeggt: geschmeckt
gschmiad: geschmiert, geölt
gschnaas: Gschnas
gschrobpm: Kinder
gschwadtld: schnell gelaufen
guad: gut
guun: guten
gwiggmane: Quickmoney
gwitscharei: Quietscherei
haalicha: heiliger
haalicha saufaus: in gewissen Kreisen gern angerufener Heiliger
haamdrong: heimtragen
han: Fragepartikel
hadschn: hinken
ha: Fragepartikel
handarlhoidn: Händchen halten
händi: Handy
hascharl: Kind, hilflose Person
hatschdt: hinkt
hatschn: hinken
haud: haut
haum: 1. haben, 2. Haube
haumma: 1. haben wir, 2. Hammer
haums: haben sie
haumsda: haben sie dir
haumse: haben Sie
haundgelengg: Handgelenk
hauz: haut es/sie/das
hea: 1. her, 2. Herr, 3. hör
hea doda: hier her
heabraggd: hergepracktt, gestoßen
heagod: Gott, Herrgott
heamma: hör mir
hearin: 1. herinnen, 2. höre ihn
heasd, heasdt: hörst du
heaz: 1. Herz, 2. hört ihr
heazarl: Herzerl
heazgesundheizdage: Herzgesundheitstage
heazlos: herzlos
heazschriadmocha: Herzschrittmacher
hedad: hätte
hedadi: hätte ich
heid: heute
heiradn: heiraten
heisl: Häusel, Klo
heizudoch: heutzutage
hendi: Handy
hendt: Hände
hezd: hättest
hiaz, hiazad: jetzt
hiin: 1. hin, 2. tot, 3. kaputt
hin: 1. hin, 2. tot, 3. kaputt

hindt: hinten
hirena: hinrennen
hoadte: harte
hobma: habe mir
hobscho: habe schon
hod: hat
hoda: hat er
hodan: 1. hat einen, 2. hadern
hoddea: hat der
hoed: halt
höffm: helfen
hoggma: hocken wir
hoggn: 1. Hacke, 2. Arbeit, 3. hocken
hoid, hoidt: 1. halt, 2. hält
hoim: 1. halben, 2. Halm
hoimma: hole mir
hoireanas: hole es Ihnen
hoisd: (ab)holst
hoos, hos: Hase
hooz: hat sie/es/das
hosd: hast
hosd eam: hast du ihm/ihn
hosdu: hast du
hosn: 1. Hose, 2. Hasen
howede: habe ich dich
höxdens: höchstens
hoze: hat sich, hat sie
hozeine: hat seine
huad: Hut
huam: heim, nachhause
huamfoon: heimfahren
huaschd: hustet
hundtarl, hundarl: Hunderl, Hündchen
i, ii: ich
iagendan: irgendeinen
iasd: irrst
iddalena: Italiener
immahin: immerhin
ina: Ihre; Ihnen
isama: ist er mir
isn: ist denn
iss: ist es
issi: ist sich, ist sie
iwa: über
iwadreibs: übertreib es
iwaroi: überall
jabbana: Japaner
jeenfois: jedenfalls
jeez: jetzt
jeez, jez: jedes
jena: Jänner
jessas: Jesus (Ausruf)
jez, jezz, jezzan: jetzt
jo: ja
joa: Jahr
kaan: kein(e)
kaane: kein(e)
kabazunda: Kapazunder = Auskenner, Experte
kaffeetscharl: kleiner Kaffee
kamadn: kämen
kamündee: Kamillentee
kanaödeggl: Kanaldeckel
karagdalos: charakterlos
karidas: Caritas
katt: Cut, Wunde
kaud, kaudt: 1. gehaut, 2. gekaut
kaumma: kann man, kann mir
kaunase: kann er sich
kaunimi: kann ich mich
kaunzdu: kannst du
kawebraund: Kabelbrand
keabpa: Körper
kead, keadt: 1. gehört, 2. gekehrt
kean: 1. gehören, 2. kehren
keandtn: Kärnten

keaschdtnbaam: Kirschenbaum
kebfla: Köpfler = Kopfsprung
keffarl: kleiner Koffer
keirad: geheiratet
kena: kennen, können
kenans: können sie, können Sie
kend: kennt
kendeam: kennt ihn
kendtade: könnte ich
kendtns: könnten Sie, könnten sie
kenedi: kenne ich dich
ketschab: Ketchup
kiaruagn: Chirurgen
kimmad: gekümmert
kimman: kümmern
kindagoadtndandtn: Kindergartentanten
kinzdlich: künstlich
kiwara, kiiwara: Kieberer, Polizist in Zivil
kiwen: 1. Kübel (Pl.), 2. kübeln = trinken, wegschmeißen
kiwö: 1. Kübel, 2. Auto
koadtn: Karte/n
kobdt: gehabt
koid: 1. kalt, 2. behalte
koidn: gehalten, behalten
koifm, koiffm: geholfen
konzendrian: konzentrieren
kozznfuada: Katzenfutter
kuana: keiner
kugarln: Kügelchen (Globuli)
kuma: kommen
kumbda: kommt er
kumbde: kommt die
kummans: kommen sie, kommen Sie
laung: lang
leanz: lernt ihr
lebentiche: lebendige
leich: 1. Leiche, 2. Begräbnis, 3. leih
leichd: leicht, vielleicht
leichdn: leuchten
leichn: leihen, borgen
leid: Leute
lewa: Leber
lezdns: letztens, vor Kurzem
liab: lieb
liachdtln: Lichter
liawa: lieber
ligdma: liegt mir
ling: liegen
lochad: lachen würde
loosi: lasse ich
lossat: ließe
losz: lasst
lungangräbs: Lungenkrebs
lusa: engl. *Loser*
lutschga: Lutscher
luxusgraxn: Luxusauto
ma: mir
mas: mir das
maanda: meint er
maani: meine ich
maanzdu: meinst du
mahü: Mariahilfer Straße
maschin: Maschine, Motorrad
mauna: Männer
me: mich
mea: 1. mehr, 2. Meer
mechd: möchte
medan, midan: mit einem
mentsch: 1. Mensch, 2. Mädchen
mi: mich
mia: mir, wir
miassn: müssen
mid: mit
midanaunda: miteinander

midde: mit den
midfasichan: mitversichern
midgee: mitgehen
midgriang: mitkriegen
misdkiwö: Mistkübel
moang: morgen
mochdma: macht mir
mondua: Montur, Gewand
mong: Magen
moxdn: machst denn
muang: morgen
muas: muss
muasd, muasdt: musst du
na: 1. nein, Ausruf
naan: nähen
näd: nicht
nagoose: Narkose
nana: neinnein
naun: Ausruf
nauned: noch nicht
neafm: Nerven
ned: nicht
neeman: neben dem, neben einem
neen: nähen
neich: neu
nemma: nehmen, nehmen wir
nia: nie (burgenländ.)
nigs: nichts
nix: nichts
noan: 1. noch einen, 2. Narren
nocha: nachher
nochred: Nachrede
noggad: nackt
nonii: noch nie
nu amoi: noch einmal
nuzd: nützt
oag: arg
oasch: Arsch, unsympathischer Mensch
oascharl: kleiner Arsch, unsympathischer und zugleich unwichtiger Mensch
oaweid: Arbeit
oaweizaumdt: Arbeitsamt
obariad: operiert
obföbam: Apfelbaum, Apfelbäume
obma: ob mir, ob wir
ochzg: achtzig
oda: 1. Ader, 2. oder
oid: alt
oida: 1. Alter, Freund, Ehemann, 2. Ausruf
oide: Alte, Freundin, Ehefrau
ois: 1. als, 2. alles
oisma: als man/mir
oiso: also
oiz: altes
ollas: alles
ollawaö: allweil, immer
olle: alle
oo: ab
ööda: 1. älter, 2. öder
oogeem: abgeben
oogrissn: abgerissen
oogschniidn: abgeschnitten
oogschnuald: abgeschnudelt, schmierig, grindig
oogwena: abgewöhnen
oohoin: abholen
oom: oben
oomdeia: Abenteuer
oonemma: abnehmen
oöwö: immer, allerweil
oozwiggdt: abgezwickt, klein
owa: 1. aber, 2. herunter
owagfoin: heruntergefallen
owe: hinunter
r: steht als Verbindung zwischen

zwei Vokalen, heute nur noch selten zu hören
rauchfabood: Rauchverbot
raugga: rauchen
rean: 1.weinen, 2. Rohr, Röhre
rednix: redet nichts
reechdi: reg dich
reechmi: rege mich
reegs: Rex
reena: laufen
reis: 1. Reis, 2. reiß, reiße
reisebiaro: Reisebüro
reng: Regen
rengsina: regen Sie sich
reschbegzbeason: Respektsperson
rexdi: regst dich
roiwaagl: Rollwagerl, Rollstuhl
röngenisian: röntgen
roochn: rohen
rookosd: Rohkost
rosnwossa: Rosenwasser
ru'ich: ruhig
rundtabraggn: hinunterschmeißen
s: es, das
samma: sind wir
san: sind
sans: sind sie/Sie
sasi: sie sich
saumsdoch: Samstag
sauwa: sauber
schääf: Chef
schaasaugad: kurzsichtig
schaudas (aun): schau dir das/es/sie (an)
schbasdti: Schimpfwort
schbeibdma: speibt mir
schbeiwad: speiben würde
schbidoeesn: Spitalsessen
schbidoi, schbidol, schbidoö: Spital
schbitzkragl: Spitzenkragen
schbuadaudto: Sportauto
schdaund: Stand, Krankenstand
schdaundesaumdt: Standesamt
schdaziaun: Station
schdeam: sterben
schdeawebedt: Sterbebett
schded: steht
schdeian: Steuern
schdeing: 1. steigen, 2. Steige
schdeinga: (wir) stehen
schdod: 1. Stadt, 2. statt
schdöllimi: stelle ich mich
schdööda fua: stell dir vor
schdrossn: Straße
schdrumbfhosn: Strumpfhose
scheen, schee: schön
scheniarimi: geniere/schäme ich mich
schigga: schicken
schleichln: Schläuche
schlofm, schloffm: schlafen
schmee: Schmäh
schmeggz: schmeckt es/sie/das
schnebfaza: Schnaufer
schnoachn: schnarchen
scho, schon: schon
schuidta: Schulter
schwaa: schwer
schwaunga: schwanger
schwebs: *Schweppes* (Getränk)
schwesdta: Schwester
schwoazze: schwarze
seawas: servus
seggde: Sekte
seggiasd: sekkierst
seiz (seiz es): seid ihr
seizi'ing: engl. sightseeing
sessn: das Essen

sezdi: setz dich
sinz: sind Sie
soang: Sorgen
soanz: so eines
sochi: sage ich
sochida: sag ich dir
sogijo: sage ich ja
soi: soll
soidadma: sollte mir
soidtadn: sollten
soin: 1. sollen, 2. sohlen
soire: soll ich
soirin: soll ich ihn/den
soisd: sollst du
solaung: so lang, so lange
solod, solood: Salat
song: sagen
songs: sagen sie
songse: sagen Sie
soo: so
soösd: sollst
söbsmeada: Selbstmörder
söwa: selber, selbst
sudoguhefdl: Sudokuheft
sunzd: sonst
theazdrodfm: die Herztropfen
tschiaritschari: unnötiger, übertriebener Schmuck
tschigg: Tschick, Zigarette
tschiggarei: Raucherei
tschiggdt: raucht, geraucht
tschinagln: schwer arbeiten
tschnöö: zu schnell
tschuach: die Schuhe
tschwesda: die Schwester
uandlich: ordentlich
uawaschln: Ohren
ummanaunda: herum
ummanaundarena: herumrennen
ummegschdaundtn: gestorben
ummekumma: hinüberkommen
un: und
unbeasöndlich: unpersönlich
und da: und der
und de: und die
und di: und die
undt: unten
undtahoidtung: Unterhaltung
undtara: unter ein
unsrich: unsrig, unser
unz: 1. und das/es, 2. uns
unze: und Sie
unzee: und Sie
unzi: und sie
waa: wäre
waagl: Wagerl
waasdt: weißt du
waasi: weiß ich
waasined: weiß ich nicht
waasned: weiß nicht
wachla: 1. große Ohren, 2. ungeschickter Mensch
waö: 1. weil, 2. weile
waoni: wenn ich
waons, wauns: wenn es/sie/Sie
waöream: weil ihn/ihm
waöri: weil ich
wara: wäre er
warad: wäre
waradn: wären
waradte: wäre die
wasd: weißt, wärst
waunadi: wenn er dich
wauni: wann ich, wenn ich
waunsda: wenn es/sie/Sie dir
waunse: wenn sie
waunz: wenn ihr
weadkoadtn: Wertkarte

wean: 1. werden, 2. Wien
wee: weh
weeduan: wehtun
weenicha: weniger
wegga: 1. weg, 2. Wecker
weggakaudt: weggehaut, -geworfen
weggagnumma: weggenommen
wen: wen, wem, jemand(en)
weng: wegen
wengan: wegen dem
wengda: wegen der
wia: wie
wia gezda: wie geht es dir
wiadda: wird dir
wiafüü: wie viel(e)
wiaggli: wirklich
wiari: 1. wie ich = als ich, 2. werde ich
wiaschdl: Würstel
wiatscho: wird schon
wida: wieder
widu: wie du
wiida: wieder
woa: 1. war, 2. wahr, 3. Ware
woadt: warte
woamma: waren wir/ war man
woan: 1. waren, 2. warne
woandas: woanders
woarum: warum
woas: 1. weiß (wissen), 2. war sie/-es/das
woasd: 1. warst du, 2. weißt du
woffia: was für ein
woif: Wolf
woin: wollen
womma: wo wir/wo man
wöödtn: Welten
woon: wohne
wosd: was du, wo du
wosma: was man, was wir
woswasi: was weiß ich
wuaschdt: 1. Wurst, 2. egal
wuaschdzemmarln: Wurstsemmeln
wümma: will mir
wüüs: will sie/es/das
wüüsd: willst
xagd: gesagt
xessn: gesessen
xogd, xogdt: gesagt
xund: gesund
xundheizminisdta: Gesundheitsminister
zan: zum
zangs: zeigen sie
zaum: zusammen
zaumgramd: zusammengeräumt, aufgeräumt
zaunschbaungan: Zahnspangen
zeaschd, zeaschdt: zuerst
zfü: zu viel
zgiarich: zu gierig
zgifdich: zu giftig
ziagus: Zirkus
zibzgajoa: die Siebzigerjahre
zimma: Zimmer
zo: du so
zugga: Zucker
zwaa: zwei
zweagbinscha: Zwergpinscher
zwida: grantig, schlecht gelaunt
zwidawuazn: unsympathische, schlecht gelaunte Person, meistens Frau
zwiida, zwida: zuwider, unsympathisch, schlecht gelaunt

Die Autorin
El Awadalla, aufgewachsen im Burgenland, als Pendlerin nach Wien gekommen.
Präsidentin der österreichischen DialektautorInnen und Herausgeberin der Dialektzeitschrift *Morgenschtean* bis Sommer 2013.
Poetry-Slammerin, Veranstalterin von 364 Widerstandslesungen gegen die schwarz-blau-orangen Regierungen 2000–2007 usw.
Bisher sind elf Bücher von El Awadalla und zahlreiche Beiträge in Anthologien, Literaturzeitschriften, Rundfunk und Fernsehen erschienen.

Der Illustrator
Hannes Gröblacher, Hannes Gröblacher, *1977 in Villach/Beljak Kärnten Koroška. Lebt und arbeitet in Wien. Studium der Landschaftsarchitektur in Wien, Berlin und Brisbane. Danach Ausbildung zum Phänopraktiker. Seit 1999 intensive Auseinandersetzung mit dem öffentlichen Raum. Schwerpunkte der Arbeiten: Kunst im öffentlichen Raum, Zeichnung, Freiraumanalyse und Gestaltung. Seit 2007 kontinuierlich Ausstellungen zu Zeichnungen und Kunst im öffentlichen Raum in Österreich und auch anderswo.
www.ubahnpeople.com
http://hannesgroeblacher.blogspot.com

Gespräche in der U-Bahn. Wir haben alle Ausreden analysiert: Dieses Buch ist ein Muss!

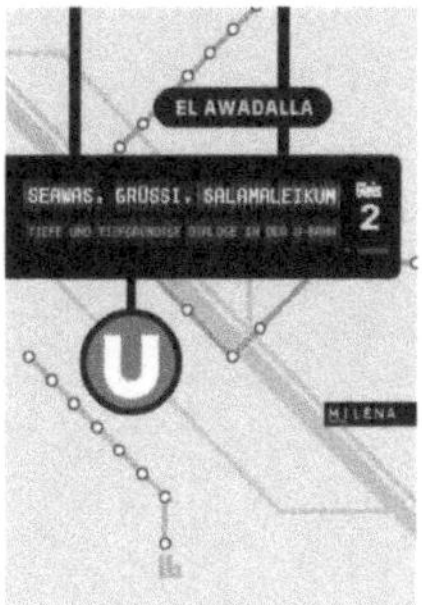

ISBN 978-3-85286-221-7
2. Auflage

El Awadalla
Seawas, Grüssi, Salamaleikum
Tiefe und tiefgründige Dialoge in der U-Bahn

101 originale U-Bahn-Dialoge aus den 101 Wiener U-Bahn-Stationen – ein literarisch lebendiges Buch der Sonderklasse. Laut vorgelesen ein Heidenspaß und eine Bereicherung für jeden TV-freien Abend. Das ideale Geschenkbuch für passionierte U-Bahn-Passagiere!
Das schöne Wien verfügt über 5 U-Bahnen und 101 U-Bahn-Stationen. Die U-Bahn-Linien verbinden Bezirke, die unterschiedlicher nicht sein können und in den Stationen trifft verschiedenstes Volk aufeinander. Die Wienerinnen und Wiener granteln oft, führen Schmäh und machen gerne einen Wirbel. 101 original erlebte Gespräche in 101 U-Bahn-Stationen zeigen ein kunterbuntes Bild an Herkünften und Bildungsständen. Die Wohlhabenden im 1. Bezirk plaudern über Botox, die prollige Jugend fährt in die Lugner City („Gemma Lugner") und in Hütteldorf steigen die Fußballfans ein ... Geredet wird viel, wenn der Tag lang ist. Und es menschelt sehr in Wiens Untergrund.

Ein Kult-Buch für alle Fans von Wien und Dialekt!
Hermann Barth, InMünchen

Ein großer, manchmal entsetzlicher Spaß im breiten Dialekt.
Peter Pisa, Kurier

Gedruckt mit freundlicher Unterstützung durch

WIEN KULTUR

Umschlaggestaltung: Jörg Vogeltanz, www.vogeltanz.at
Illustrationen: Hannes Gröblacher

A-1080 Wien, Wickenburggasse 21/1-2
www.milena-verlag.at

ISBN 978-3-902950-000

MILENA Verlag
HEFTIGE BÜCHER FÜR HEFTIGE MENSCHEN